梁子

著

当原野一片寂静

DANGYUANYEYIPIANJIJING

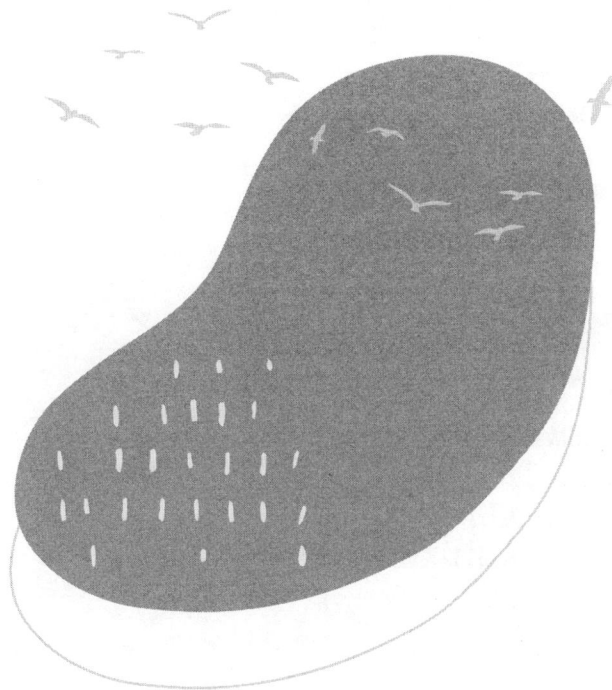

W 上海文艺出版社
Shanghai Literature & Art Publishing House

图书在版编目（CIP）数据

当原野一片寂静 / 梁子著. -- 上海：上海文艺出
版社，2024. -- ISBN 978-7-5321-9149-9

Ⅰ. I227

中国国家版本馆CIP数据核字第2024WC1855号

发 行 人：毕　胜
策 划 人：杨　婷
责任编辑：李　平　程方洁
整体设计：建明文化
策划出版：北京泥流文化传媒有限公司

书　　名：当原野一片寂静
作　　者：梁　子
出　　版：上海世纪出版集团　上海文艺出版社
地　　址：上海市闵行区号景路159弄A座2楼 201101
发　　行：上海文艺出版社发行中心
　　　　　上海市闵行区号景路159弄A座2楼 201101 www.ewen.co
印　　刷：三河市华东印刷有限公司
开　　本：880×1230 1/32
印　　张：5.875
字　　数：62千字
印　　次：2025年1月第1版 2025年1月第1次印刷
I S B N：978-7-5321-9149-9/I.7191
定　　价：58.00元
告 读 者：如发现本书由质量问题请与印刷厂质量科联系　T：010-85717689

中国诗歌问题：从梁子说开去

俞心樵

梁子要我为他即将出版的诗集写一篇类似于序言的东西。这对我而言，相当于一次恐怖袭击。无论是诗歌还是诗人，都是所有话题中最难说的话题。一说就错。即便碰巧说对了意义也不大。况且我早已没有了言说它们的激情。疲倦甚至厌倦。

我远离中国诗歌圈已有多年。偶尔碰到某个诗人，我会问：最近你们诗歌圈又闹出什么笑话来了吗？诗歌圈留给我的大致印象，除了见不到什么好诗之外，就是阿猫阿狗都在一本又一本出诗集，近亲繁殖得没完没了的诗会和哥们之间轮流颁发的诗歌奖项，那种一年到头哥几个都生活在荣誉之中的繁忙兴奋景象。考察当代中国各阶层各行业，当代中国那些最没有才华最怯懦最迟钝最短视最急功近利最走投无路的一些人都跑到诗歌圈来了。海量的穿戴着各种安全设备的所谓先锋实验也仍然难免于奴才的诗意和奴才的艺术性。在这样一个低质量的恶性循环的系统中，也只有以次充好的水货与假货才可能成为影响广泛的所谓著名诗人和占有一定流量的网红诗人。

我之所以愿意为梁子写下一些文字，首先是由于友情。20世纪80年代中后期开始，我游走于中国南北各高校之间，1988年冬天我进入了杭州大学。当年的梁子正就读于杭大历史系。他与他的新昌老乡（另一校园诗人章群星）住在同一栋学生宿舍楼内。新昌是天姥山的所在地，是李白的梦游之地。嵊州、新昌、天台三地构成了著名的"唐诗之路"。唐朝几乎所有的牛逼诗人都到访过这一带。新昌虽说只是绍兴地区的一个山地小县，但按人口比例，上市公司却远远多于周边县市。梁子作为一家上市药企的高管，有机会到各地跑动。什么口语诗呀意象诗呀受传统影响多少呀受西方影响多少呀这些我就不说了。梁子的许多诗更像是游记或日记。到了这个年龄，无论写什么，自然带出他独有的人生感悟。因真诚而朴实，因朴实而深刻。说人话，这没有问题；接地气，这也没有问题；不装13，比著名的水货假货和网红名星更值得信赖，这都没有问题。如果在人气地气之上，能够更多地接上天气，以其历史与现实之厚重，又能赋予形式上的飞翔，岂不美哉？岂不妙哉？岂不更好？我相信假以时日，梁子有能力平衡这些问题。

今年夏天，我受浙大教授、哲学家孙周兴先生之邀到杭州进行一场有关诗歌与哲学的对话。这期间章群星开车把我拉到了新昌。酒席上，梁子作为《天姥山》主编向我约稿，章群星要求梁子必须以一首一千元的高标准预付稿费，梁子当场微信转帐六千元给章群星，群星再如数转给我。《天姥山》的稿费肯定是很低的，不用问我就知道梁子是自掏腰包在为《天姥山》做贡献。梁子专门要求我给他一组写俄乌战争的诗歌。诗人应当将日常生活中的个人经验转化为诗句，但诗人更应当及时对人类的重大问题作出反应，对人类社会的根本问题进行持续的发言。通常而言，我是会习惯性地谢绝约稿的。在一个低质量恶性循环的文学系统中，一个真正有尊严的诗人，不发表不出版又有何妨？甚至完全可以形成一个以不发表不出版为荣的新的小传统。当然，有时候，能够主动发表或出版我的作品，这需要智勇德美体劳全面发展的精气神。在当代中国，意味着难能可贵的担当品质。是值得鼓励和赞扬的。从中你也可以初步判断梁子究竟是一个什么样的诗人。他的人生境界远在诸多声名显赫的诗人之上。他以他诗歌中的优质的黑暗抵制着那些声名显赫者的劣质的光明。如果以英国《大宪章》之后所形成的人类近现代文明的标准来加以衡量，除了晚明的觉醒者黄宗羲顾炎武王夫之等人以及晚清的俞樾章大炎以及民国时期的鲁迅胡适等极少数者，中国历史传统意义上的一代又一代文化人仍然难免于奴才之嫌。到了今天，所谓的时代局限性再也不能成为诗人为自身奴性自辩之理由。

梁子这一本诗集，多半值得一读再读。它是摆脱了集体愚昧的真实的个人主义的诗，也是一个堂堂正正的世界公民的诗。在梁子其人其诗面前，许多占据各发声平台的冒牌的大诗人更见其小乃至于猥琐不堪。有时候，梁子有动不动就要胡乱向某些人致敬的恶习，也不深究一下这些人值不值得他致敬。不能因为人家产生了影响占有了流量你就都去致敬吧？梁子有时候会突然掉链子，会从很高的境界上直接掉进沟里。与大量不值得交往的人交往，向一些根本不值得致敬的人致敬。你自己致敬也就算了，还要绑架我也与你一起向这类人致敬，这哪跟哪？我希望今后的梁子能够更加逻辑自洽，更孤独一些又何妨？不合群又怎样？人气很旺？笑话！这样的地气不接也死不了的。诗歌必须在人气地气之上更多地接上天气，只有遵从天意的诗人才不至于迷失于大地。

2024.1.5. 匆匆于云南旅途中

目 录

抒情种种

我把我心爱的女儿

打制成一锭金光灿灿的金子小心拴在腰间

      ——题记

然后招呼我的宝马

我的马儿从山那边

一路小跑而来

身上挂着天边的云彩

我说女儿

快快带上盘缠

我们上路吧

你坐在我的前面

平原燃起篝火

大路直指云端

女儿

前面就是我们要去的

纯粹的地方

那里漫山遍野长的是人文的花朵青青的小草

永葆沁人的馨香那里优秀的人民

广袤的大地

生长金黄的谷物

在流淌着水银的草地上

少女骑着大象歌唱

柔蜜的爱情

像草一样油油生长

人们坐在葡萄架下

远古神话世代相传

喝一口米酒看一看月亮

一派和平景象

女儿　在那里

风的柔姿是你的柔姿水的嗓音是你的嗓音

女儿　我们快走

漂泊一生的人

一贫如洗的人

最终必走向纯粹

让我们牢记路经的每一块石头

每一块石头

都必将开出光辉的花朵

我也会变成这样一块石头

女儿　那时

你一定要解下我黄金的草鞋

前面有山

前面有水

上山的时候

把草鞋拎在手里

涉水的时候

把草鞋泊在水面

它会指引你到达那美妙的地方

我的骨头会在荒野燃烧

女儿女儿

你要为我燃烧

大佛

大佛微闭双眼

以一种博大精深的自然

盘膝而坐

吉祥的笑容飘扬

如秋天晴空淡淡的云彩

叮当之声

来自时间以外我看见一代的大师

仿佛老家风雨三十五年的断墙

幽蓝的脊背闪烁照耀千年的毫光

操着青铜的斧凿挥汗如泥殚精竭虑

我看见大师的硕大手掌颤巍巍举起

粗糙残破

远古火光一片大佛金碧辉煌

我看见大师泪流满面

在弥勒便便的大腹上

一头睡了过去

再也没有醒来

大佛正襟危坐

膝盖高出我的额头

我就是这样

远远近近地看你

就像面对一行空前绝后的诗歌

目光久久不肯移开

早春三月

一

在三月

你感觉到你的心

总被一只手挽着

阳光一瓣瓣漏过指隙

温暖而富于某种质感

你最隐蔽的心事

长成树

穿透伤疤和胸口

伸出毛茸茸的枝

就是这样

阳光漏过你的指隙

一瓣瓣一瓣瓣

温暖而富于质感

你怎能不隐隐感觉到

你的心正被一只手拢着

要是你躺在三月的草坪上

二

三月的江南
是别样的江南
男人和谷子播满田野
小小动物欢快跑过田塍
鸭子在三月的池塘里翻着跟斗
十分抒情这与采薇姑娘
站在油菜花地里发愣
同样真实

三月里的女人
是真正的女人
三月的女人想心事
一想就想得疯
是自然的
如果阳光不是表达
小雨也不是诉说
三月你打江南走过
江南的草木
都油油地生长着感情

你请我吃饭吧

你请我吃饭吧

是一部小说

刚看到一半

子安回来了

扬了扬手里的奖状

说表示表示

撸个串吧

九点不到

城管来了

这也太冒昧了

小二倒淡定

默默收拾桌椅

说现在经济下行

以前来得更勤

打开冰箱

冰箱亮了

屋子却黑了

关上

屋子居然又亮了

子安笑了

说这真是一个神奇又诡异的夜晚

艾玛死了

艾玛死了

死于小区投放的一包鼠药

想起昨天上午

我一打开车门

艾玛就蹿上车去

妥妥地躲在座位底下

我就知道

我已多久没带她出去玩了

我是要带一干新疆石河子的朋友

去镜岭水库看库区

只能把她落下

不曾想竟成永诀

子安与珂儿选了棵桃树底下

将你安葬

艾玛安息吧

等来年桃花盛开再来看你

滇池

我来时

红嘴鸥不见了

这不影响

只要想你的风

还吹在滇池的海埂上

蓝桉是植物中的独身主义者

她的寂寞和温柔

只准对一个人

你的诺言

已随风飘散

季节的寒流

固执地

从西伯利亚一路急转直下

年复一年

静待木棉花开

西山

从这个角度往西看

就是睡着的美人

洱海的早晨

鸟声是关不住的

当你推开窗户

堤上已有不少看海的人

风吹送着湖水

裹挟的湍流

把浪花一个接一个推向岸边

菩提翠绿

垂柳依依

礁石零乱而坚定

石头上坐着一个陷入沉思的人

她那小小的灵魂

等待唤醒

当万丈霞光穿透云层

碧波上

一只白鹭刚刚展开翅膀

准备起飞

在丽江古城遇雨

昨夜抵达有些晚了

一进门

便觉满屋生香

月光如水

从高高的山上往院子里

薄薄地倾注

一场雨的邂逅

类似于爱情的口角

闪电和雷阵雨正在持续播报

咖啡在午后时光机里研磨

依山傍坡的二层小酒馆

又迎来新的驻唱

慵懒是一种什么样的气质

他的老板已不知去向

雨水像金丝猫走过长满青苔的房顶

远处的玉龙雪山

在烟雾缭绕中

显得更远

香格里拉

巴拉格宗仅仅是一部分

虎跳峡仅仅是一部分

却因为强降雨而关闭

没有看成

这离天堂最近的地方

更多的秘密藏在更多的雪山和峡谷之间

香格里拉

扎西德勒

青稞酒仅仅是一部分

酥油茶仅仅是一部分

当美丽的卓玛献上圣洁的哈达

当强悍的康巴汉子

踢踏着明快的锅庄舞

香格里拉

扎西德勒

夜幕掩映的白塔下

广场已燃起篝火

我要雪山之巅的冰水

擦拭我内心的伤疤

我要峡谷回旋的天籁之音

拂去我心灵覆盖经年的浮尘

生活的苦楚仅仅是一部分

工作的疲惫仅仅是一部分

简单便是快乐

跳舞便是快乐

香格里拉

扎西德勒

纳帕海草原

有水了

这里是一片海

水涸了

便是一片草原

一种情况是

一片草原

突然来了水

那就是

草原上的一片海

海里的一片草原

牛羊在海天连接处吃草

天有多蓝

海就有多蓝

暴雨

现在的状态
只能打开车灯
打开雾灯
打开双闪
停靠路边

外面的雨
像水开了锅
而你
如一条船
飘零在无边无际的海面上

下意识

看到红绿灯

车会不由自主地

放慢速度

而当绿灯即将变黄的一瞬

你的脚又会下意识

加大油门

大学速写

傍晚的四食堂

讲座及烛光舞会的海报

铺天盖地

女生三五成群

人手拿着一二根黄瓜

边吃边走

男生公寓开始骚动

无数个脑袋探出窗外

嘘声口哨声此起彼伏

女生落荒而走

夕阳尾随着她们的马尾和碎花裙子

中元节

中元节的月亮

是圆的

是清冷的

是混浊的

里面藏着一个人的眼睛

处暑

热与不热是相对的

对于神兽来讲

暑期行将结束

千真万确

秋是夏的兄弟吗

三心与二意是兄弟吗

小米玉米南瓜都姓黄

是真正的兄弟

它们将陪伴你的胃告别夏季

煮熟的鸭子

让它飞

最好飞到邻居的餐桌上

侉炖的鱼在砂锅里

请用柠檬和姜去腥

还有那可恶的战争

该结束了吧

千里沃土

热浪滚滚

到处充满着血腥

记金华的双龙洞

今年高速的聪明人真多啊

全堵在去高速的路上

还有些窝在家里

研究着阀门与蝙蝠与夜的关系

除了金华

还有别的双龙洞吗

或者

除了双龙洞

还有金华什么别的

这个毋庸置疑

子安戏谑

你是什么实力

叶圣陶是什么实力

记金华的双龙洞

是小学四年级的课文

要求全文默写

面对水你就是污垢

百度一下

叫小黄山的风景区

有五十七个

光是浙江境内

少说就有七八九个

不说松奇

不说石怪

不说云海飞瀑

就说水

面对水

你就是污垢

三井龙潭

这水清得让你冲动

你想扑进去

又不敢

这潭太深了

究竟有多深

反正谁也不知道

在以前　很久以前

十里八乡

闹旱灾

一些爱民的县太爷

都带着灾民

来这里

祈雨

一潭一龙王

香火绵绵

滋润的很

这是曹娥江的源头

水清得没商量

没有一丝营养

里边的鱼

千年不大

又薄又瘦

游弋在潭中

你几乎能看看

小小的鱼

的嫩刺

都说

三井龙潭

连着东海

我是相信的

我亲眼看见过

山顶

有千年前鱼的化石

清清的水

小小的鱼

从一潭

流到二潭

到三潭

水和鱼

都粉身碎骨

葛公

要种田了

葛公红了

这个季节

没有比这更好吃的

东西了

小时候

父亲管这东西

叫种田红

不管农活多忙

多累

天多热

人多饿

回家前

必摘许多葛公

用长毛草串起来

一串串

一串串

我们会兴奋地拿在手里

或戴在脖子上

绕村里兜一圈

向小伙伴们展示展示

再回家

慢慢享用

有时也会随父亲上山

亲自采

草丛中

有大虫

我会大呼小叫

父亲会放下农活

不慌不忙过来

告诉我

不能叫

更不能打

随手捡起一小束竹丝

一边往前走

一边在头顶舞起竹丝

小小竹丝发出

小小的

呜呜呜呜呜的

声音

草里的活物

好像听到什么指令似的

让出道来

纷纷游走

留下满山满垅的

红红的葛公

几十年过去了

一想起贫穷

而幸福的童年

我就想放声痛哭

父亲

您在山上还好吗

如今你孙女子安

也八岁了

吵着闹着要摘葛公

我告诉她

葛公红了

要种田了

你爷爷管这东西

叫种田红

蜗牛

春天与春天之间

下了一场雨

雨后

阳光直射

水泥地面

一只蜗牛在奔走

远远望去

像一架飞机

突破了航线

又像一艘动力十足的

小船

划开平静的湖面

520的北京下了一场雨

今天一天

我都在想着给你

发个视频

早晨太早

你要7：50前赶到学校

晚上又怕太晚

影响你的睡眠

520的北京

下了一场雨

急匆匆的

从晚上9：30

下到10：30

还伴有阵阵雷声

这多么稀罕

闪电下

我看到一只斑斓的蝴蝶

从窗前飘过

世界无烟日

子安从懂事起

就告诫我

不准抽烟

后来是

不准在家里抽烟

今天一大早

电话里

反复强调

老爸

今天不准抽烟

芒种

文人讲芍子花开

农民讲麦子黄了

稻子可种了

在农村

芒种这天

家家户户必倾巢而出

男人割麦

女人拔秧

孩子们送水送饭

拾麦穗

尖尖的麦芒

会往袖口里钻

在这盛大的节日

如果有人

在家读书

全村人肯定会指指戳戳

读书读到哪里去了

端午

诗人们成群结队

来到汨罗江

如过江之鲫

他们赋诗　吟曲　看龙舟

对粽子的丰腴

赞不绝口

说是祭奠

其实是在赶一场庙会

各自演绎着

属于他们内心的春秋

有的人更甚

每年这天

穿着汉服

模仿2000多年前的

纵身一跳

连续四年了

奈何江水冰冷

又没激起多少水花

今年不跳了

象山行

一干人

基本是虎妈和熊孩子

出发才知道

我是开车的

中午海鲜排档

下午游泳

晚上烧烤

下雨有什么关系

神兽下山

爱谁没谁

凉风习习

潮涨潮落

沙滩细软

有潦草的摩托车辙

远山如黛

有一队大象

静静地

在海里汲水

在枣庄的高空

飞机在云层之上滑行

透过云层的缝隙

向下探望

群山　河流

皑皑的大地生长万物

在经过山东枣庄附近的高空

仿佛听到有人喊了一下

我的名字

这么高的地方

会有谁喊我呢

我想让飞机停下来

看看到底是谁

飞机嗖啦一下

飞过了枣庄的高空

心态

在北京呆了些年

心态发生了很大变化

比如我早已能心平气和地

接受堵车

或这样那样的交通管制

以前会买一大摞报纸

在车上慢慢看

现在则尽量不开车

打车为主

看看手机

要不就眯瞪一会儿

我已不愿与人争论

有人批评我

我也心平气和点头称是

要换以前

哪怕是表扬我

也是不乐意地

直接怼他

不好意思

之所以引起你的注意

全是因为我的不小心

现在的我

像不像武侠小说里

金盆洗手

隐姓埋名

混迹于市井

夜色中的大兴机场

飞机收起翅膀

像一只倦归的候鸟

在地面缓缓滑行

起落坪显然较远

依靠自身惯性

显然无法滑行到停机口

这时候就需要发动机

再一次推动

我显然听到飞机引擎的

又一次轰鸣

然后走走　停停

显然有地勤在调度指挥

从降落到滑行

到最后完全停靠

在夜色中的大兴机场

我居然完成了

一段完美的小憩

台州行（组诗）

仲馗

我们到木勺沙滩

已接近正午

阳光直射　海风腥热

三五只羊貌似在崖边

吃草

一动不动

一干人在议论

是不是雕塑

常识判断应该不是

有人老远打着招呼

朝海边走来

一只裤管高

一只裤管低

像是木勺村渔民

刚打鱼归来

介绍说

这就是仲馗

怀生

中午我们在木勺沙滩

与一群青蟹难分难解

启发说

不可恋战

晚上在椒江

已安排二十五人大席

且有野黄伺候

我说里面有没有个叫怀生的黄岩人

三十多年前

他曾来杭大看过我

十分钟后

启发电话里欲言又止

说怀生来不了

席间启发与我对杯

说怀生早已忘了这茬

根本不知道梁子是谁

我说理解理解

毕竟那么多年了

我刚才挟了筷野黄

居然也忘了什么味道

杨雄

读了七宝古镇这首诗

就想见见写这诗的人

从三门去椒江路上

他微我

他也听说我来了台州

但晚上有两个酒局

不一定能赶趟见我

托人给我带来一本

他编的越人诗

翻了翻

并没这首诗

可见人与人的诗见

是不一样的

凌晨三点多发来微信

说昨晚果然喝翻一人

刚陪他去医院

打完点滴困死了

那就算了吧

我得中午赶去杭州

开车不喝酒

再说我也绝不乘人之危

吴之熊玻璃艺术馆

这是我最难写的诗

之一

他与我想象中的大师印象

实在相去甚远

比如他的穿着

白色圆领衫

青色裤衩

打个赤脚

像个归海的渔夫

比如他拉手风琴

比如他弹钢琴

他不说

艺术与艺术是相通的

他说他真的不识谱

拉拉弹弹

纯粹是为了娱乐自己

顺便练练手指

他不跟你传经讲道

也不说苦难

是所好学校

他三岁丧母

十一岁丧父

十五岁做学徒

他说搞玻璃雕刻

纯粹是生活所迫

上午10：30

他说他要走了

他要去医院

老伴住院了

他要去陪伴她

这位八十岁的

可爱的小老头

我写了又改

改了又写

我如果是个画家

就好了

卡尔与管见

卡尔约管见喝酒

地点诡异

在两地交界

叫一片森林

我说

是要谈判吗

管见说

是贡比涅森林吗

要不要再弄节车厢

卡尔说

前有法德协议

今商剿城大计

这些饱学之士

一身武功

平常不会展示

今天必然技痒

我暗下决心

坐等他们飞檐走壁

隔空取物

我只管

多吃菜

少说话

同时保持必要的

清醒

春风十里（组诗）

教师节

明天就是教师节了

我试着给我中学的一位老师

打电话问候一下

我说唐老师您好

我是梁子

您和师母身体都好吗

我人在北京

就不去看你们了

电话里祝二老

节日快乐

身体健康

唐老师显然是听错了

兴奋地说

啊啊

你要来看我们

好好

我马上门口接你去

放下电话

心里纳闷

几年不见

唐老师竟耳背成这样子

转念一想

我究竟多少年没去

看望他们了

民办教师

常常因为喜欢一个老师

对这门课产生特别兴趣

王老师是龙皇堂

地地道道的农民

他教的学生

物理往往全县第一

他家就住学校大门口

他一般大清早农活

晚上备课

为了照顾他

学校往往安排他上午

第三第四节课

他每次走进教室

衣服都是干干净净

戴副眼镜

可见他对这份职业的重视

早些年

我去龙皇堂看他

问他待遇解决了吗

他说解决了解决了

他退休前几年解决的

感谢党

感谢政府

陈老师

他说给他一些条件

他会造出原子弹

他从大学下放到县城

又从县城下放到沙溪

高中时

他是班主任兼物理老师

我天天坚持晨跑

他也是风雨无阻

我们常常从学校跑到剡界岭

他说过了剡界岭

就是奉化

过了奉化就是宁波

过了宁波就到舟山了

他老家就是舟山的

他说每次晨跑

他都想一直跑下去

跑下去

几年后他落实政策

调回宁波一所大学当教授

潘老师

潘老师教语文

教到动情处

他就唱

我至今忘不了

他唱琵琶行时

露出的洁白的牙齿

他说他喜欢白居易胜过李白

他说白居易虽然做官多年

写了诗

一定先读给周围老奶奶听

听不懂再改

一直到听懂为止

今日难寻沈善洪

大学四年

仅见沈老师一面

还是开学典礼上

他坐在主席台

他是校长

临近毕业

我编的一份诗报出了点问题

省里派了一个工作组

要进驻调查

沈老师了解情况后

直接给省里打电话

我的学生没有问题

要有问题是他这个校长有问题

请省里重新派工作组

他全力配合

然后就挂了电话

落日

在一个叫宋蟾的餐厅

我约请人可和古今

这俩都是我会议茶歇时

认识的烟友

先后约了仨月

因为要等一个叫刘半士的

内蒙人

刘半士一上来

就和人可怼上了

各自领域顶尖的大佬

都拿对方熟稔的成果开涮

其实他们也是五六七年

没见了

这场面让我感动

仿佛回到了大学时代

其间我让打开一支

小众酒

古今浅尝即止

适时告退

好像故意为高潮

设置了一个按钮

我们直接省去了方糖和冰水

让舌苔赤裸裸地暴露

那迷迭香

那纯粹的苦味

那烈火

那三圣三世的恶魔

在胸中燃烧

走在冷风中的广渠路上

仿佛回到六年前的

上海衡山路的

知了酒吧

或者更远的

欧洲的中世纪

这款酒的名字

叫落日

乡下请客

火镰扁豆

是紫色的

长得太高

是子安跨在脖子上摘的

茭白和芋艿

是大清早从水田里掰挖的

还有毛豆

南瓜尖

野磨

都带着清晨的露水

云海农场

土鸡土鸡蛋没有了

场主讲

今天你要只能送

意思是以后没有了

因为又要改养猪场

亚波嫁在邻村

早一二天就浸了糯米

中午11：20

刚春的艾叶青麻糍

就上了餐桌

客从城里来

客从市里来

客从杭州来

在乡下请客

我就是乡下主人

只有桌椅碗筷

是我亲自安排的

别开生面兼致立波

这么多生面孔

就别开朗诵会了

也是噢

除了立波三十年没见面

绝大部分还是第一次见

以致把文辉的名字都记错了

说说诗歌的民间性吧

其他艺术也是

你看唐代画家曹霸

擅长人物和马

玄宗召至宫里

赏金赏帛

封左武卫将军

最后还不是流落成都摆地摊

李白就不讲了

众所周知

我们还是开始朗诵吧

我正穿行在空山的
一片墓地

瓦蓝的天空

一架飞机

孤独地拉着白线

阳光透过树林

我正穿行在空山的一片墓地

墓地潦草

少有碑文

小径杂草丛生

对不起

我只是路过

我不想打扰任何人

我在想

假如是在晚上

会不会跳出几个人来

默默打量我这异乡人

你是谁

干什么

要到哪里去

香河

今天天气不错

适合去香山

或潭柘寺

导航兜了两圈

却上了京哈高速

中午时分

方向一打

经过一段凹凸不平的小路

在一家始于1968的老店

点了一份肉饼

一份饮品

吃罢

埋单

然后返程

除了我自己

谁也不知道

我悄悄去了一趟香河

周末燕郊访中岛兄不遇

夕阳把树的影子

拉长　拉淡

拉到看不见两片叶子

来自两棵不同的树

看上去是各自生活

各自成长　各自独立

却有着一样的金黄色

此刻正被风吹落

在草丛在走道　打转

最后静静地落在一起

车子走走停停

间距公里路程

开了足足两个小时

中年人有处理不完的家务事

还没见面

中岛急匆匆走了

于河的电影刚刚杀青

下月公映

还是举杯吧

愿天下无拐

酒瓶瓶高　酒杯杯低

偌大个燕郊已被夜色吞没

在酒球会等老狼崔健

时间如飞

仿佛二十年前的工体

旋转的舞台灯光

摇摆的手臂

都指向同桌的你

过来一人

面容有些熟悉

果然长我两届

叫杨什么斌来着

老魏明显瘦了

两天前看到报道

欧洲的夜场

让他操碎了心

少男少女正在组织队形

个别的拥向莫姐鹂儿

要求签名

一平帽子反戴

朝我一个劲狞笑

认识王五四吗

六个杭大人立马向山大致敬

这个戴副黑眼镜的

有些腼腆的胖子

简直就是

现代的《少女之心》的手抄本

凌晨两点朋友发来视频

崔健在另外个场子

唱一块红布

不过来了

大家齐声喊

葛老是个大骗子

试着在阳光下写诗

阳光直射

是不准确的

隔着玻璃

即使没有

还隔着大气层呢

人们还是喜欢不真实

却怡然自得

空气中有丝丝香甜的味道

我拿了几册书

在飘窗上晒

书页在阳光下哗哗作响

我拿了几页旧的诗稿

在阳光下重新阅读

有人指出我的诗

少点正能量

我干脆一丝不挂

躺在21楼的阳光里

暴晒

真真切切的水分

在我身体里滋滋作响

你又说这样写诗

有伤风化

消息已发出但被对方拒收了

高铁虽然快

我还是喜欢动车

夕发朝至那种

比如北京出发

第二天早上到杭州

吃碗片儿川

相对于动车

我更喜欢那种绿皮的

特别慢的那种

比如从绥芬河到海参崴的

一小时跑26公里的那种慢

我喜欢听车轮一下下

磕碰铁轨的声音

相对于你请不要生气

我还是喜欢一个人旅行

挨宰就挨宰　挨骗就挨骗

多大个事何必争吵

我不想任何外在东西

干扰我内心的宁静

比如

我的信息已发出

回不回是你的事

一念

一念起

万水千山

一念灭

沧海桑田

我是不是改行厨师试试

在遁山生态园

丁东做了几个菜

其中一个土豆

一个煎豆腐

觉得好吃

随手晒到朋友圈

没想到好评如潮

比我晒的诗歌

多出一大半

也是噢

诗歌不能当饭吃

我以前也是这么想的

其实

大家有所不知

昔昔讲过

梁子不仅仅是个诗人

还是京城有名的美食家

北京南站

去北京南站

肯定是乘高铁

根据路况和经验

预留半小时

应该足够

离入站口半公里

出现拥堵

也算正常

专车司机却有些紧张

说前面有警察

能否请我提前下车

他没有运行证

我说平台不管吗

他说平台只管收钱

哪管这些

提了行李下车

穿行于车流

我看到

类似我的情况

不在少数

大家不约而同

戴着口罩

一边看表

一边缓慢行进

像一队缴械的战俘

关于诗

很早想写一首

关于诗的诗

有人说我大学时代的诗是诗

现在的不是

英国的男同学 A 说

分行就是诗啊

太不把诗当回事了吧

我说你太把诗当回事了吧

法国的女校友 B 讲

梁子你这种诗

我一天可以写无数首

我说要的就是这个效果

也有不少人说我写得好的

马马虎虎

大厨未必烧得好土豆丝

把诗写得明白

是个技术活

大雪

此时节

天气越来越冷

气温越来越低

水面凝冰

北风卷地

瑞雪将至

万物冬藏

夜深知雪重

时闻折竹声

这老白的诗

一定是在南方写的

确切讲

是在杭州

甚至可能是

宿灵隐寺时

写下的

在北方

在北京

我只是觉得

叽喳的寒号鸟

的确是少过往日

今年的冬天

也的确冷过往年

大雪

一年二十四个节气中

第二十一个节气

也就是冬季

第三个节气

又是一年过去了

有钱没钱

回家过年

只是疑问

今年的大雪节气

为什么是北京时间

12 月 7 日 0 时 9 分开始

而不是

12 月 7 日 0 时 0 分

网约车

网约今天 7：30 的车

昨晚下完单

就洗洗睡了

7：10

闹钟醒来

还没人接单

正准备撤销重新下单

车来了

司机健谈

说这单昨晚就看见了

这个点堵得很

不愿意抢

最后派单还是他

可见缘分

他说网约了你别撤单呀

平台要赔钱给你的

我说我怕误点呀

规则是个好东西

迷迷糊糊上了车

果然一路走走停停

司机显然一个话痨

不能超速

不能急刹车

不能急转弯

遇堵修改路线要征得顾客同意

他说全程有录音录像

看来规则是个好东西

还真不是他话多

他说一般早上 6 点出车

6 点到 9 点抢完 5 单

就有 25 元奖励

他说 7 点前的单子最抢手

车少跑得快

今天怎么啦

一个单子没抢到

我说这个你得问我啊

这么冷的天

没事谁愿意早起啊

五好学生

一年级

三好学生

二年级

五好学生

子安疑问

照此发展

三年级四年级

七好学生九好学生

我说推理正确

我去年五十四岁

今年五十五岁

明年后年自然五十六五十七

惊蛰

春日的雷声

惊醒了蛰伏的虫子

许多人不明就里

有吃梨的

有吃鸡蛋的

有炒黄豆的

有炒玉米的

有烙煎饼的

有喝醪酒的

有吃驴打滚的

还有搞笑的

去水产市场

买一只海蜇

恐吓一番

然后拌了吃了

反正是个节日

乱吃一气

北方人更简单

吃饺子

累了吃饺子

舒坦了吃饺子

高兴了吃饺子

不高兴了吃饺子

初一饺子

初五饺子

十五饺子

过年吃饺子

闲时八节吃饺子

没有什么是饺子

交待不了的

在北方

春雷滚滚在铁锅里炸响

到处是热气腾腾的饺子

世界读书日

一

书是人类进步的阶梯

是高尔基说的

上小学一年级

就记得这句名言

每个人有两次生命

第一次是活给别人看的

第二次是活给自己的

这是荣格说的

他还说

第二次生命

常常从四十岁开始

读书的意义

无非是

认识世界

认识自己

仅此而已

这是梁子说的

生日宴

某朋友生日

来了不少人

有的认识

有的不认识

席间开了一坛酒

主人过来敬酒

梁子你品品

这酒廿年醇

廿年前一朋友送的

存了至少四十年了

我说好酒好酒

没告诉他

这酒就是我送的

流水线

起得早

路况尚好

快到站口

就远远地堵上了

赶紧走地库

下车

下隔层

鱼贯而入

安检

请摘下口罩

对准摄像头

请通行

抬左手

抬右手

转身

谢谢

上扶梯

再上一层

再安检一次

不合格产品

严禁出站

一路向南

在高铁上

一路向南

简单梳理一下

这几天所经历的人和事

心情有些复杂

一些见怪不怪的小事

现在怎么介意了呢

看来现在

对周围事物

挑剔了

要警惕

一觉醒来

车已过了湖州

杭州快到了

稻子熟了

——致袁隆平

五月二十二日

白天阳光普照

到了傍晚

突然转阴

夜里八点

狂风大作

电闪雷鸣

暴雨倾盆

这种雷暴天气

在北京虽不多见

但也属正常的自然现象

雨水拍打着窗台

沿着玻璃

汩汩地往下淌

此刻

我正在看一段视频

离北京 1480 公里的长沙

在芙蓉大街

细雨蒙蒙

自发的民众

伫立道路两旁

为一位老人送行

一个普通的车队经过

没有警车开道

来往的车辆

自觉纷纷让道

鸣笛

行注目礼

这就够了

稻子熟了

我想

您是想妈妈了

途经兰州

途经兰州

一碗拉面挡住我的去路

看它在锅中翻滚

缠绕

被另一双筷子捞出

喷薄的老汤

飞舞的肉丁葱末

薄薄的萝卜片

一小勺辣椒油是灵魂

我已吃得足够小心

洁白的 T 恤

仍溅上一小块油渍

在通渭用一边一边造句

阿胡在渭河之北

一边骑马

一边作诗

渡河

渡河

奈何三年的冰川

堵塞了黄河的入口

老视频的回忆

要靠时间打磨

修复

并转存到 U 盘

江山多美啊

花儿开的也正是时候

在迟暮的春光里

南来的列车徐徐进站

停靠

而冰冷的铁轨如汩汩的伤口

向前延伸

推开渐行渐远的夜色

曹家古堡

出碧玉关

便是曹家堡

历史装满恐惧

现在则是历历麦苗一望无际

披针叶野菊明在风中摇曳

狼毒花紧张地聚在一起

仿佛有什么事即将发生

在一段废弃的壕沟里

一只野山鸡拍打着翅膀

冲天而去

呜嗷的鸣叫在山谷回荡

让置身其中的你

与古堡之间

形成类似第三者的关系

凉州词

阿胡说

穿过乌鞘岭

才算正式进入河西走廊

那么到了武威

就该说说凉州词

一片孤城

还是一座孤城

是诗人和作家的区别

葡萄美酒夜光杯

是浪漫主义

马上催是现实主义

历史上写凉州词的多了去了

有据可查的足有一百多人

写得最好的是老王家的

赶紧拍照走人

我们必须要在日落之前

到达酒泉

马蹄寺记

天选之骑

必出凌空之蹄

三十三天石窟

望勿喧哗

请原路攀登原路返回

人生就是轮回

就是一场遥远的旅行

在神灵出现的地方

僧侣在一次次擦拭油灯

佛曰低头

你的额头仍是碰了一下廊梁

下山的路边

小草挤开石头的缝隙

而啜饮过祁连雪水的乌鸦

早已转世为鹰

翱翔在马蹄寺的上空

张掖大佛寺

即使身处闹市

佛的内心也是平静的

或睁或闭

或卧或坐

十指虚拈

抚慰人间疾苦

腹藏经书

脚踏乾坤

唯诗书可以传家

无上正觉

命运全看天的旨意

礼佛得福报

无须奉钱物

绝世的梵音

只有少数人能听见

佛睡千年仍是佛

人一转身即尘埃

锁阳城遗址

经年的风沙

可将一座城池掩埋

曲折的红柳

在沙漠里抓出血

胡杨林在风中呜咽

即是千年前的金戈铁马

万顷沙丘

在同一个方向长满骆驼刺

在不远处的塔尔寺

依稀暮鼓里

玄奘开坛刚讲完一半

装修队进来了

不得不放下经书

走到西门

默默注视远方

嘉峪关关城

黄土夯筑的城墙

用弓箭验收

箭头入墙即推倒重修

每一块砖

刻着工匠的姓氏

可供追溯

想要办一件事

就怕认真

明代人就最讲认真

在冷兵器时代

长城万里

天下无敌

可不是吹的

除非堡垒从内部攻破

一列火车

缓缓走在苍茫大地

落日的余辉

照射着远处冰雪覆盖的祁连山脉

鸣沙山与月牙泉

地球上所有的沙子

在此汇聚

层层筛选

堆积

聚沙成山

烈风劲吹

看似随性所欲

粗暴肆虐

却是被一种神奇的力量

所左右

主宰

沙丘与沙丘之间

形成环型山洼

当风进入泉区周围

会突然变得柔软

温情脉脉

非但如此

还会形成螺旋式上升旋风

把泉周围的大量流沙

或缓缓带上山顶

或愤怒地抛向山的另一侧

泉水清冽甘甜

水草丰美秀丽

从不干涸枯竭

或者蒸发

掩埋

阳光下

每一颗沙发出自己的光泽

一支驼队在向山上行进

像一族慢慢迁徙的蚁群

不是任何一颗沙

可以随随便便来到鸣沙山

也不是任何一汪清水

可称作月牙泉

阳关

出敦煌 60 公里

便是阳关

进关出关来回两公里

门票 60 元

中间要走 600 米的商业街

回头看看

阳关旧址就像一坨鸟粪

落在荒无人烟的山坡上

去大柴旦的路上

去大柴旦的路上

会经过乌素特

雅丹长在水里

褪毛的骆驼从毡房后面

奔兀而出

惊起湖边的海鸥

这里的风有点大

不如去翡翠湖打卡

在 315 国道的 U 型路段

几个青年在玩沙漠漂移

这下好了

越野车越陷越深

四个轮子看不见了

等待救援车不知要多少个时辰

总有些风景会错过

就像我们的一生

会错过一个人

阳光下

美丽的格尔木河和柴达木河

在察尔汗盐湖交汇

冰山环绕的大柴旦

在暮色中时隐时现

等待着你的归程

敦煌莫高窟之研究

最早来此的

艺术家和创造者

有突然性

也有偶然性

有引领

就会聚集

有碰撞

然后是大碰撞

有行动

然后是大行动

商贸如此

宗教如此

文学如此

民间是一种力

最活跃

也是最有行动力

有时也会被认可和推动

你看佛教的宗旨教义

苦谛灭谛集谛道谛

你看佛陀

左手为慈右手为悲

种什么因

结什么果

只要土壤合适

时间的累积

也可登峰造极

琴筝埙瑟

箜篌筚篥

敦煌飞天

羽化登仙

追求来世和往生的男女

商人僧侣文人政客

金盆洗手的刽子手

骗子和强盗

在这里

一律称为芸芸众生

人进人出

先进后出

也有人进去

没有出来

或在某窟的某件壁画中

可找到他的踪迹

在德令哈请允许我小小地
悲伤

在德令哈

请允许我小小地悲伤

夜色多冷啊

你在寒风中一次一次呼唤

雨水浸透石头

你的伤口被盐紧紧包裹

姐姐

比风更冷的

是可鲁克的湖水

当你一次一次划亮火柴

当提起往事

当树叶离开枝头

在秋风中旋转

当你转身

你说姐姐

这世界已不属于你

命运让你往西

你偏偏往东告别自己

以表示

与任何人没有关系

在青海湖遭遇一匹白马

它一直在那里站着

既不低头

也不吃草

仿佛雕塑

五月的青海湖

草原已经骚动

环湖公路上

小规模的人群和车辆

走走停停

人们的镜头和注意力

都集中在聚集的牦牛和羊群

车流中

肯定不止我一个人

注意到这匹孤独的白马

一动不动

默默注视着远方

呼和浩特

大黑河小黑河

十万立米水磨沟交织的

呼和浩特

自从选择离开马鞍和重工业

就选择了"臣服"南方

十月

越往里走

秋越深

所谓节日

就是相互交换车辆

稍不留神

大青山被堵得一动不动

十月的河滩

布满牛羊马匹和石头

彼此满怀心事

却又欲言又止

成熟意味着大祸临头

你看你看

大批的向日葵被斩杀

它们的脑袋

残忍地挂在各自的躯干上

立此存照

要不了多久

他们会被人类和资本

转运到异域他乡

十月的山谷

塞满了汽车和人群

马头琴在大青山的林间回响

人们从山下陆续走向山顶

将一块块大大小小的石头

放置山岗

等待又一轮明月

依次照耀高高的敖包

地接京京

我是地接京京

我在满洲里等你

人群中你举着杯咖啡向我招手

说这家餐厅不接受预约

只能排队

所以只好让司机去接你们

从海拉尔到满洲里

车程两小时

你说你在餐厅门口拿着号

也足足等了两小时

快了

再等三桌就轮到我们了

咖啡是冰镇的

居然还兑入 5ml 伏特加

你说你能在三分钟内让客户接受你

你有这实力

接下去的行程

大致是这样的

从扎赉诺尔到黑山头

再从额尔古纳到根河

5 日中午前必须赶回海拉尔

漠河就不去了

留着下次吧

清晨醒来

推门就是阳光普照的金色牧场

草原在季节里撤退

大捆大捆的草垛风干已久

正在装车

被一辆辆大板车拉走

你说每一头离开草原的牛羊

都眼含泪水

太阳升起

太阳落下

突如其来的冷猝不及防

你说你最不愿意看落日

这让你每每想起临终前的父亲

有时我们也谈论些话题

当说到爱情

你就不作声

目光默默注视着远方

有时我会盗些图

说是我拍的

有时我会写几句诗让你看

说是专门写给你的

风景只是风景

关键是和谁在一起

这是谁说的

没有任何地方的风

比得上呼伦贝尔草原的温柔

是不是一首歌的歌词

你突然来了一句

一切美好来自于想象

晚上你带我们找了家轻食店

吃了个地道的焖面

真心不错

价格还便宜

六个人才花七十八

再见牙克石

再见扎兰屯

再见阿尔山

再见呼伦贝尔

再见了京京

草原最美的地接

你说完成了这一单你也放假了

你准备回家

你的家在东北的松花江上

伍佰个人演唱会

一

大哥

你让我进去吧

我是主唱

保安

没票真不让进

伍佰

买啥票

我不进去谁唱呢

保安

没听到里面都开始唱了吗

二

伍佰帅气出场

摔了一跤

哦豁

摔成两个二百伍

三

轮不到

根本轮不到

酝酿半天

刚要开口

被截胡了

歌迷

让你张嘴算我们输

四

吉他不拿了

麦克风也不拿了

以前好歹起个头

现在头也不起

小手一指

开始在舞台上溜达

别人费嗓

伍佰费鞋

五

的确良裤子好宽松

料子不错

就是太像我大舅妈了

衬衣也挺别致

中秋快到了

如果没猜错

应该是月饼盒的内衬打造的

独一份

六

还有

我们村有个叫六佰的

81年出生

是超生

罚款600

起名六佰

我们都说他是伍佰的弟弟

七

两千元的门票
观众唱了一千五
因为伍佰没有唱

八

开个演唱会
自己没唱成
忽然变指挥家了
伍佰太难了

九

台上那谁
请下来补个票

十

伍佰

行吧

以后你们自己开演唱会就行了

不需要我了

十一

伍佰喊

结束了

唱一个晚上了

出去的门打开了

回家了

拜拜

你们还在等什么

还要我请你们夜宵吗

十二

网友说

如果伍佰老师不在了

放张照片都能开演唱会

（根据视频及网络评论整理而成）

小雪

人名牌

工作餐

集体照

是会议的三件套

要不了多久

你就会心生厌倦

会回想起我们在一起的

寒风中的

望江门的

片儿川

三十年了

所幸你还没变

微弱的出租车灯

推着湿漉漉的夜色

你戴着灰太狼的帽子

一转身

我已看不清

小雪小雪

我们挥挥手

然后放下

其实已经是感恩节了

磨石书店

夕阳的余辉与茶园的几何建筑

构成水墨的主题

山道隐匿

延伸于类似东京的旧散文

内山完造先生推了推镜框

惊诧地打量一干异乡的越剧迷

乌桕树长到一个时期似乎定了型

只是躯干在变老

文学也是宿命论

小尼喋喋不休

发表着以水批评水井的命题

月亮折叠在窄小的窗台

阀门厂布局南美

西景山的变迁

体现在一块菜园

以及迁就一束稻谷的禀性

当米酒温润于舌苔的荠菜根

木柴在壁炉里哔哩哔哩作响

小小的光映照远处的栅栏上

的灰鹅图案

迷雾与索引

寒夜的降临是抵挡不住的

诗歌大观园

很多时候

偶然之间

会成为一个事件

比如一场不期而至的小聚

一句不经意的酒后话语

应该是两年前冬天

二环边

六七棵大杨树往东的小院

便是诗歌大观园的诞生

今天还能有谁比我更幸福

互害时代

去杭州出差

一般入住世家酒店

与酒店经理闲聊

为什么房间的水换了某露

而不是某泉某水

说

两瓶简单的水

喝谁不是水

我可不想被人贴上标签站队

当清明在三月的
细雨中抬头

回乡的脚步

如落叶

在生活与生活的缝隙里堆积

桃花连着油菜花

开在窒息的春天里

省道与乡道之间塞满了各式各样的车

如慢镜头中的蚁族

在炮火连天的坑道间迁徙

翠绿的柏枝在拒绝一只蝴蝶的纠缠

墓碑上的文字和浮尘

抵抗着一只笨拙的手的擦拭

重复是一种基因

记忆一旦打开

谁也无法抚平内心的伤口

云层压低

战争和杀戮在升级

当清明在三月细雨中抬头

满眼的梨花早已落了一地

旅游

旅游于我

就是换一个地方睡觉

换一拨人喝酒

有时睡不着

就翻翻朋友圈

看看有谁和我一样

也睡不着

异乡的夜晚

汽车停进檐下

人们陆续回到房间

倦鸟归巢

群山隐去

溪水潺潺流向远方

你

一夜无眠

清晨

开门见山

好大一片竹林

鸟声如石头

扔在地上

昨晚上下过一阵雨

有些小冷

刚一转身

毗邻的民宿

已升起袅袅炊烟

云上草原

羊

在天边吃草

大竹海

一竿竹是一群绿色的鱼

无数的无数的绿色的鱼群

汇集

改变了海的生态

瞬间

有人在远方

拿一把小刀

在一竿新竹子上刻了一行字

瞬间

我的心上划过一道闪电

殊不知

她的小小举动

足可以毁灭整片竹林

规矩

临时有事

须赶趟

抢不到票

老司机先上车后补票

但没座

商务舱也没有

列车员递给一张报纸

说只能找过道地面对付对付

从 1 车厢到 18 车厢

所有过道或站或坐都是我一样补票的人

也难怪

小长假的最后一天

但杭州到北京

一站 5 个多小时

对我来讲是个考验

今非昔比

如今的我

也是月入三千的人

按专家的说法

已进入中等收入群体

我心狂野

也想鲜衣怒马

搞点特殊

但

总不能因为你一人

坏了大家的规矩

一分为二的春天

北京的春天是短暂的

相对而言

我感冒就显得有些时日了

通惠河边的丁香花开得快哭

愣是闻不出一丝香味

可偏偏有理论

给你安慰

说一年一两次感冒

可增强身体免疫力

在这一分为二的春天

极地的浮冰冲上堤岸

堵塞了道路

就是爱因斯坦也得接受

同样是 H 辐射

有的是恶意是伤害

有的却认为是给我们带来温暖与刺激

这才是现代战争应有的样子

队长冲进山谷

朝天放了三枪

第三次世界大战结束了

这才是现代战争应有的样子

三方都宣布取得了胜利

没有战败国

南站的早晨

车流鱼贯而入即停即走

出行的人从各种车辆上下来

大包小包

行色匆匆

中间穿梭三两揽行李的戴小红帽的人

进站出站

小心礼让行人

四月的晨曦照亮站口的檐角

和迎风的广告牌的上方

有由深出浅的渐变

意味着预期的早高峰即将来临

车过长江

高铁是在向南飞驰的

车过长江

刚好一艘油轮逆流而上

也是向前的

这时你想像一架飞机

从空中缓缓飞过

机身拖着长长的白色的尾巴

哪怕你倒骑一头毛驴

它会倒着走吗

那么时光快车呢

时光可以倒流吗

据说

只要速度足够快

快于光速

就可以

事实上

不可能有什么东西速度比光快

从物理学角度看

时光是线性的

具有单向性

所以时光可否倒流

答案是否定的

你见过长江倒流吗

离开贵州的前夜

离开贵州的前夜

你在荒郊踟蹰

寻君人见

孤影孑立

一只白狐如一道闪电掠过草丛

她回眸的眼神刺痛夜的黑

潮湿的贵州

潮湿的苗寨

潮湿的刀妹的红红的嘴唇

留给你无边无际的伤痕

状态

打开手机

2个朋友在搬砖

1个朋友在勿扰模式

2个朋友在换铃声

1个朋友在行万里路

我在雨水中奔跑

巧英水库

有没有河流

是一直向西流的

一座混凝土重力坝

拦住了西去的溪水

有没有最小的手

能把水的门儿掰开

山花烂漫

土地湿润

雨季来临

多余部分的雨水

或多或少会交换了库底下的水

经下游

交给大海

谷雨

桃花杏花开了

蝴蝶不见了

梨花油菜花开了

蜜蜂不见了

罗坑山到了

诗歌不见了

诗人到此只想停下来

歇一会儿了

春雨骤停

风吹过平静的湖面

一旦越过山峦

风就转弯了

转弯的风已不叫春风

祭偃王阁

没什么可留恋的

如果天天处于战火纷争之中

一国之君也可有可无

假如民不聊生

去国即是国破山河在

所谓皮之不存毛将焉附

他乡即是故乡

在水一方

勿忘在莒

西周的风一直吹到现在莒根

上下三千年

人民还是这样的人民

勤劳朴实忍耐

习惯于忘记伤痛和苦难

滴水之恩铭记于心

感激涕零

面对家国的不幸

仍选择沉默

即使表达

也十分朴素

无非是

水可载舟

亦可煮粥

追星

开 2 小时车

去追星

互动环节

提了一个有关 AI 的问题

徐则臣在台上签名

我也被追了一下

在台下签

怎么办

撞车了

我写了首诗

怎么办

隔了一天

南昌老德也写了一首

该怎么办

撞车了

连题目也撞车

怎么办

该怎么办

5月1日坐高铁到洛阳

1995 年 5 月 1 日

中国人开始双休

当时人第一个反应

开什么玩笑

牡丹园

到牡丹园

就想起红楼梦里宝玉的一句唱词

林妹妹

我来迟了

白马寺

到白马寺

就知道网上说的

有一亿人来到洛阳

所言非虚

在边门草草打卡

速速撤离

并果断取消了预约的龙门石窟行程

最后是在王城公园逛了一下午

类似于一干北京人

千里迢迢来到新昌

取消了大佛寺

取消了十九峰

取消了天姥山

最后在鲜为人知的大彭头公园

过了个五一

洛邑古城

过了天桥

就是盛唐时代

公主摇扇

王子佩剑

百姓家家户户有门有脸

安居乐业

湖月照我心

一梦到江南

我总是来晚了一步

就像我的爱

啊牡丹

我要移植两枝嫩苗

培以麻皮和泥巴

待来年开花

一枝紫的

一枝黑的

不知道诗怎么写了

前几天写了一首诗

一周不到

阅读量过万

我是火了吗

机场休息厅

机场休息厅
在电梯上一层

我点的葱油拌面
要等两分钟

四周静悄悄
除了取餐的
每个人都埋着头
一边进食
一边刷着手机

各自的行李
搁在各自的座位旁边

弥敦道淋雨

弥敦道是湿润的

部分临街商铺

正在一边装修

一边营业

双层的巴士经过

仿佛整条街的房子都在颤动

待我从港铁油麻地站 A2 出口

步行一分钟不到

雨停了

老曹

老曹在香港

类似于东道主或主办方的存在

虽然他大部分时间在北京

他在中环的某地请我们喝 1865 年的

下午茶

他会说大可不必住酒店

都住他家里

也会因为一个街道的选举

来回打飞的

享受这个过程

咳嗽是没有国界的

大湾区航空的波音 737

在空中

使用三种语言

分别是泰语　粤语　英语

播报曼谷到了

邻座泰国小女孩

因兴奋

或因高空气压

接连咳嗽

面色通红

咳嗽是没有国界的

就像诗歌

当飞机稳稳降落

我听见了大象悠闲的脚步声

稻花弥漫的素万那普

离冬阴功汤咖喱饭越来越近

美食是没有国界的

就像宗教

诗琳通与我

泰国公主诗琳通

先后 50 次到中国

可以说是中国人民的老朋友了

她还是个诗人

其中有一首写猫头鹰

印象深刻

因为早些年

我也写过一首

子安与猫头鹰

她还在北京大学进修过

说巧不巧

我也是

还是同一年

2000 年

她爱穿紫色的裙子

但我们并不认识彼此

诗人与枪

5 月 15 日下午 3 时

71 岁的斯洛伐克诗人辛图拉

在欢迎的人群中

向其总理菲佐连开五枪

菲佐差点送命

6 月 1 日下午 3 时

在泰国某射击场

我连开五枪

枪枪中靶

但感觉枪枪击中自己的要害

芭堤雅的夜

波浪吹送着波浪

沙子交换着沙子

海滩柔软

接驳船穿梭于码头与天际

夜色美好

性别也是自由选择

当畸形的审美成为一种产业

一种文化

资本的罪恶与肮脏

昭然若揭

无数的锚固定在近海的底部

只是你我看不见

端午

看到你们一个个

晒诗的晒诗

晒吃的晒吃

北方粽子

南方汤包

为了配合你们的幸福

我晒个外卖

父亲节

接到儿子电话

有些意外

原来是父亲节到了

问有没有在家

一起吃个饭

我说在北京

接着子安打来语音

说收到两筐杨梅

好吃

我说应该是慈溪同学寄的

她说老哥不回来了

让人带回来两条烟

刚想尬聊下父亲节什么的

她就挂了

晚上和泥流等喝着酒

小访来电话

我心一沉

果然

他说他父亲走了

韩江获奖

瑞典斯德哥尔摩当地时间

2024 年 10 月 10 日 13 点

北京时间 19:00

瑞典学院把 2024 年度诺贝尔文学奖

颁给了韩国作家韩江

当时我们正在韩国访问

交流活动正进入抽奖环节

我们提议主办方

活动暂停

插入一项类似庆祝的节目

韩方没有采纳

抽奖活动按计划继续进行

与三水书

一

列车进入隧道

像一个人躲进深山哭泣

车轮抵着冰冷的铁轨在飞

飞向秋天的更深处

场景在后退

退向悬崖

退向无边的黑

熟悉的世界正一点一点消失

二

这几天的网上

都是关于你的消息

昨晚北京的风真大啊

香山的枫叶

一夜间

红了

评论区

有叫你会长的

有叫你严董的

有叫你严局的

还有叫你同志的

叫你阿淼的

只流泪

没有说话

三

人生就是一段旅行

你总是在不断地修改行程

明明我们是一趟车的

你突然说

你要先下车

时间是 10 月 18 日 23 时 30 分

你总是这样

那次小聚

我们都已拥抱挥手

告别再三

你车都上高速了

又中途折返

继续喝酒

这次也是

你一定会赶上下一趟车

在前方

与我们突然如期而遇

四

还记得节前我们那次通话吗

老实讲

你是不是只有在你老家去往杭州的路上

才会想起梁子

才会想起我们的从前

现在高速通了

温州到杭州

已不需要经过新昌和嵊州

你说希望时间慢一点

慢一点

10 分 27 秒

电话那头

基本都是你在说

在说

我在听

五

去年 4 月 28 日

我在杭州有个新书发布会

你在北京开会

你一连打了五六个电话

我说你忙就不要来了

你说不行

一定要来

你到时

发布会差不多结束了

主持人将话筒递给你

你摆摆手说不出话

你说北京主持了一天半的会议

一口气讲了十三个排比句

你的喉咙哑了

你说

我公众号关注了

我的诗都在看

很喜欢

你说

真正伟大的诗是直白的

可惜在伟大与直白之间

我只做到了一半

六

泰顺没有去过

文成没有去过

项目中有一座什么桥

想起个名字

打电话问我

我脱口而出

叫三水吧

你说好

说我应该为这座桥写首诗

真好假好我不知道

反正

你说的好多话我已不太相信了

你说节后来新昌看我

你来了吗

七

一列车的桂花

在满觉陇遭遇五十六年一遇的洪水

千里之外的歌声

回荡在保俶山的小树林

第四食堂的大排加菜底真香啊

可我的菜票早一个星期已用完

人家有去五幢蹭饭的

你我酱油淘饭吧

阿淼

有开水吗

在西湖

在北高峰

在太子湾公园

在西溪

在大草坪

我们抽着烟看着天

那时我们多么年轻

多么贫穷

多么快乐

阿淼

我们为什么要认识呢

熟悉的世界正一点一点消失